북양항로

북양항로

오세영 시집

민음의 시 235

민음사

고독한 까마귀가 되고 싶다.

돌이켜 보면, 시와 학문이라는 두 길을 걸어오면서 나는 오랜 세월 동안 부단한 편견을 견디어 낸 것 같다. 대학에서는 항상 이랬다. "오세영은 시 나부랭이나 쓰는 사람이지 그가 무슨 학자냐?" 문단에서는 또 항상 그랬다. "오세영이는 학자지 그가 무슨 시인이냐?" 요즈음 대학 정년을 마치고 십여 년이 되니까 다소 너그러워졌는지 문단에서 나에 대해 이런 평들을 한다고 들었다. "오세영은 정년 퇴임하고 시가 조금 좋아졌지 그 전에 쓴 시들이 그게 무슨 시냐?" 그러나 교과서에 실리고 독자들이 애송하는 시, 지난해 미국의 한 비평지에 의해 전 미국 최고시집 열두 권에 뽑힌 시들은 사실 내가 대학교수 시절에 쓴 작품들이다.

나는 문단의 시류에 휩쓸린 적이 없다. 그 거셌던 민중시에 편승한 적도, 중구난방으로 휘몰아치던 소위 포스트모던의 물결도 타 본 적이 없다. 나는 또한 자타가 한국문단의 권력이라고 공언하는 소위 《창작과 비평》이나 《문학과 사회》로부터 단 한 번의 원고 청탁을 받아 본 적도, 단 한 편의 시를 실어 본 적도 없다. 그래서 그런지 몇 년 전, 정부에서 수십억 원의 돈을 타 내어 그들만의 잔치로 벌였던 독일의 프랑크푸르트 북페어 주빈국 행사용으로, 끼리끼리 그들만이 모여 만든 대외 홍보용 『한국문인인명사전』에서는 아예 내 이름이 삭제되는 수모를 당하기도 했다. 당시 이미 독일어로 번역된 시집이 세 권이나 있어도 말이다. 그러나 이처럼 살아남지 않았는가?

내 사전에는 '부화뇌동', '패거리'라는 단어가 없다. 그래서 나는, 시 「자화상」에 썼던 것처럼, 모든 사람들이 특별한 이유도 없이 '부화뇌동'해서 따돌림을 하는, 그 억울한 까마귀를 오히려 좋아한다. 인가(人家)를 넘보는 까치보다 설원(雪原)의 마른 가지 끝에 홀로 앉아 먼 하늘을 우러르는 그 고독한 까마귀가 좋은 것이다.

2017년 어느 봄
안성의 농산재(聾山齋)에서
오세영

차 례

4부

1부

나비 1

봄,
바람이 한들 불었다.

막 잠에서 깨어난 섬들은
물결에 흔들리다가 금세
꽃봉오리를 터뜨렸다.

손죽도, 거문도, 금오도, 개도, 안도……

그리고 하얀 삼각돛을 활짝 펼친 채
한려수도
그 파아란 수면 위를 나는
요트 몇 척.

나비 2

주사침을 들고
분주히 복도를 오가는
정신 병동의 간호사들.

5월,
봄엔 꽃들도 우울증을 앓고 있나?

나풀거리며
사뿐
병실들을 드나드는 그 흰 가운,
가운들.

경칩

반짝,
햇빛에 눈이 부셔
다리가 휘청거린다.

눈을 감았다 다시 떠 본다.

오랜 입원 끝에
드디어 병실 밖을 나서는 그 청년.

동면에서 막 잠을 깬 개구리 한 마리가
연못가에서
또록또록
눈알을 굴리고 있다.

무지개

누구의 옷감일까.

은하수 한 켠, 개울가에서
방망이질 요란하다.
이윽고
좌악 끼얹는 물소리, 무언가를
헹구는 소리.

먼 하늘 우렛소리 그치고
몇 바가지 폭우가 거짓처럼 사라지자
맑은 하늘엔
빨래 한 벌 내걸린다.

섬섬옥수 깨끗하게 빤
직녀의 그 눈부신
색동저고리.

월식 2

미끄러지듯
만(灣)을 가로질러 건너가는
밤바다의
유람선 한 척.

흥겨운 파티 중일까.
환하게 켜든 등불이 둥실 뜬
보름달 같다.

갑자기
불이 꺼진다.
하늘도 바다도 잠시 어둠뿐
다만 선체를 간질이는 파도 소리,
잔물결 소리.

그래 그렇지, 이런 땐 하늘에서도 누군가
몰래
키스를 나누는지 몰라.

조춘(早春)

그 거창한 청사(廳舍)를 받들고 선
축대의
돌 틈 사이로 삐쭉
고개를 비집고 내민 철쭉 한 그루.

늦추위로 몰아친 눈보라에 그만
꽃대가 시들어 버렸다.

언 땅에 떨어져서 나뒹구는 그 가녀린 꽃잎.

분신한 티베트 스님의 해맑은
눈빛.

낮달

내의를 갈아입다가
무심결에 창밖으로 눈이 간다.

거기 흰 눈을 하고서
거짓처럼 안방을 들여다보고 있는
얼굴 하나.

멀쩡하다.
대낮의 저 뻔뻔한
관음증.

입춘

증오의 시선.

누가
그토록 토닥여 얼어붙은 마음을
돌아서게 했을까.
눈썹 아래
방울방울 떨어지는 눈물.

겨울은 갔다.

지붕에 쌓인 눈이 스르르 녹아내린다.
그 추녀 끝에서
뚝뚝
떨어지는 낙숫물 소리.

호수

한동안
낭낭하게 글을 읽던 계곡물이
책을 덮었다.

지금은 침묵 속
명상에 들 시간,
가만히
내가 나를 들여다본다.

천둥 벼락

은하 댐이 붕괴되었나?
한밤중 하늘에서 울리는 굉음.
이윽고
지상으로 넘쳐 내리는 그 거센
빗줄기.

진달래 만개

추위 가시자
긴급히 독감 주의보 발령,
온 산은
전염성 강한 A형 신종 인플루엔자 바이러스의
거침없는 확산으로
울긋불긋
열꽃이 가득 피었다.

묵독

나른한 봄날 오후,
굽이굽이 흐르는 강줄기 따라
전동차 하나
살구꽃 만발한 푸른 지면 위를
웅얼웅얼
시 한 편 읊조리며 지나가고 있다.

용접

어디서 날아온 돌멩이인가.
어젯밤
운석 하나 하늘을 깨고 이 지상에 떨어지더니
오늘은 피지직 ─
우르르 꽝,
요란스레 번개가 친다.

누군가 재빨리 올라가
금 간 하늘을 땜질하는
그 파아란 불꽃.

유성(流星)

신이 화장대에
보자기를 풀어 놓자
와르르 쏟아져 반짝거리는
하늘의 보석들.

그중 하나가 또르르 구름을 헤치고
지상에 굴러떨어지더니
일순
어둠 속으로 숨어 버린다.

그 현란한
한순간의 광휘.

2부

좌절

압제에는 그 누구도
견딜 수 없다.
아직
12월이 채 가기도 전인데
추위 잠깐 주춤하자
"이때다." 꽃망울 터트리면서
"만세!"
외치던 울타리의 철없는 개나리들이
매운 겨울바람의 일격에 그만
자지러지고 만다.

삼일천하.

그 도요새는 어디 갔을까

파도가 나자
도요새 몇 마리가 쪼르르 달려가
쉴 새 없이 먹이를 쫀다.
드러낸 사구의 갯벌 위로
어지럽게 발자국들이 찍힌다.
파도가 들자
다시 지워져 텅 빈 모래밭.
어머니 손을 잡고 들어서던
초등학교 운동장도,
선뜻 가 버리지 못하고 울먹이며 돌아서던
그녀의 뒷모습도,
강의실의 그 초롱초롱 빛나던 학생들의 눈빛도,
빈 원고지 칸을 메꾸다 지쳐 쓰러져 잠든
내 여윈 손가락 사이의 만년필도
덧없이
지워지고 없다.

파도가 들고 나가는 사이,
누군가 TV의 리모컨으로

찰깍,
한세상을 닫아 버리는
그사이.

먼 산

새날이다.
어제는
목련이 피어서 새날이고
오늘은 진달래가 져서 새날이다.
새해다.
작년에는
눈이 침침해서 새해고
올해는 귀가 어두워서 새해다.
들꽃들이 내쏟는 향기가
예년보다 더 강한 탓이었을까.
매년 겪는 알레르기성 비염이지만
올해의 비염은
유난히도 기침이 잦다.
콜록콜록,
일어나 창밖을 본다.
황사 가득한 70년을 건너
아득히 홀로 멀리 서 있는
산.

지금까지 찾고자 했던 것은 무엇일까.
영원하지 않은 것들의 영원인
이 지상의 한구석에 서서.

탕자

더 이상 갈 수가 없다.
날은 저물고,
인적은 끊기고
물결은 무심히 철썩이는데
아득히 반짝이는 강 건너
등불,
여어이, 여어이,
부르는 목소리는 쉬어 있는데,
강둑엔 메아리만 돌아오는데
어느 별이 불렀을까.
푸드득
어둠 속을 날아가는 물새 한 마리.
더 이상 갈 수가 없다.
하늘엔 싸락눈만 흩뿌리는데,
갈대밭은 눈보라에 울고 있는데
돌아보면 세상은
자작 마른 가지 끝의 빈
까치집.
뗏목 한 척 찾기 힘든 생의 한 강변을,

숲과 굴형을 헤치며 내 여기 찾아왔다.
눈, 비에 적시며 내 여기 왔다.

당신께 용서 빌러 돌아가는 길.
후회하며
당신께 돌아가는 길.

북양항로(北洋航路)

엄동설한,
벽난로에 불을 지피다 문득
극지를 항해하는
밤바다의 선박을 생각한다.
연료는 이미 바닥을 드러내기 시작했지만
나는
화실(火室)에서 석탄을 태우는
이 배의 일개 늙은 화부(火夫).
낡은 증기선 한 척을 끌고
막막한 시간의 파도를 거슬러
예까지 왔다.
밖은 눈보라.
아직 실내는 온기를 잃지 않았지만
출항의 설렘은 이미 가신 지 오래,
목적지 미상,
항로는 이탈,
믿을 건 오직 북극성, 십자성,
벽에 매달린 십자가 아래서
어긋난 해도(海圖) 한 장을 손에 들고

난로의 불빛에 비춰 보는 눈은 어두운데
가느다란 흰 연기를 화통(火筒)으로 내어 뿜으며
북양항로,
얼어붙은 밤바다를 표류하는,
삶은
흔들리는 오두막 한 채.

나이 일흔

한세상 사는 동안, 새는
구름 한 점 물어 오기 위해
매일매일
비상을 감행하는지도 모른다.
내 한생이 시를 좇아 그러했듯이

그러나 구름은 실상
허공에 뜬 한 줄기의 연기.
수십억 년
바람이 꽃잎을 날려 왔듯,
햇빛이 그림자를 그리고 또 지워 왔듯
심심한 하늘이 얼굴을 드러내
실없이 허공에 짓고 허무는
장난.

눈이 어두워진
내 나이 이제 어느새 일흔,
창밖
마른 나뭇가지 끝에 앉아 아직도

흰 구름을 우러르는 노년의
새 한 마리를 본다.

과목(果木)

정원 한구석에 뿌리 내린
한 그루 배나무,
누가 보아 주지 않아도 이 봄 스스로
활짝 꽃을 피웠다.
안쓰럽도록 하이얀 꽃잎,
부끄러운 듯 살짝 드러낸 그 가슴 속
붉은 꽃 수술,
자세히 보니 배나무도 꽃나무다.
그러나
과수원에 열 지어 서 있는 배나무를
누군들 꽃나무라 여길 것인가.
꽃나무는
오와 열을 지키지 않고 제멋대로 살아
꽃나무다.
꽃나무는 획일적으로 무리지지 않아
꽃나무다.
꽃나무는
재배되지 않아 꽃나무다.
내 오늘

정원의 홀로 핀 배꽃을 바라보면서
지나온 날들을 헤아리나니
탐욕과 허세를 좇아
이곳저곳 잘리고, 베이고, 길들여져
과수원의 일개 과목으로 살아온
한생이 아니었더냐.
아름다움이란
홀로 있어 아름다움인 것을.

다만 바람이 불었다

당신이 나를
이 쓸쓸한 해안으로 불러낸 것은
분명 어떤 생각이 있어서일 터인데
나는 그 생각을 모르겠다.
언덕에 핀 해당화의 생각도,
부질없이 밀려들고 쓸려 가는 파도의 생각도
그 백사장에 누군가 짓다 반나마 허물어진
모래성의 생각도……
다만 바람이 불었다.
그 바람에 꽃잎이 흩어지고,
그 바람에 파도가 일고
그 바람에 모래가 꿈틀거렸다.
모두가 바람의 장난이라고 생각하는 나에게
바람은 정작
왜 그런 장난을 치는지를
가르쳐 주지 않았다.
꿈꾸듯 꿈꾸듯 그의 손짓에 끌려
땅끝까지 온 나에게 당신은
다만

밤을 기다리라 한다.
바람에 돛폭을 활짝 편 쪽배를 타고
너도 물때에 맞춰
이 무서운 바다를 건너라 한다.
너도 이제 바람을 타라고 한다.
마른 가지 끝에 매달린 가랑잎들이
바람에 휩쓸려
하롱하롱
푸른 하늘을 건너듯.

모래성

누군가 나를
쿵 떠밀어 이 세상에 온 것처럼
어느 햇빛 밝은 날,
누군가 다시 쿵 떠밀어 어딘가로
내보낼지 모른다.
떠밀리지 않기 위하여
경계를 긋고
스스로 삼가지 않은 것도 아니었으나
빛을 좇아 살아온 내 한생은
오히려 그 빛의 눈부심으로
자주 선을 밟기도 했다.
수평선, 지평선 그 너머에는
무엇이 있을까.
과거는 기억, 현재는 다만 감각일 뿐인데
그 감각 너머엔 대체
무엇이 있다는 것일까.
누군가에게 쿵
떠밀려 온 이 세상은 기실 빛이 가두어 놓은
함정.

그 출구를 찾아 도달한 해안엔
어떤 천상의 아이들이 놀다 갔을까.
성은 이미 무너졌으나
모래밭에 그어 희미하게 흔적만 남은
그 금선(禁線) 한 줄.

발자국

아마 여기가
그곳인지 모른다.
어머니의 품에 안겨
빛이 처음 내 동공을 비추던 순간
파도 소리 아득히 들려오던
어느 바닷가.
그 파도 소리를 좇아 헤매던 한 생이
하이얀 원고지같이 텅 빈
모래밭에
무언가를 써 본다.
밀물이 들어 지워 버린다.
오직 바람만이 제대로 읽었을 것이다.
전에 왔던 그 누군가도,
그 이전의 이전, 또 그 이전의 이전의 이전의
누군가도 그랬으리라.
내 영원은 어디 있을까.
가없는 수평선의 한끝을 붙들고
모래밭에 안간힘을 써 보는
몇 줄의 시행,

그리고 그 아래

순간의 살아 있음을 확인하기 위해서

부질없이 찍어 보는

낙관(落款).

갯벌

물이 나자
갯벌엔 온통 살아 있는 것들의
아우성이다.
싸우고, 다투고, 빼앗고, 뺏기고,
짝짓고, 버리고
게, 조개, 망둥어, 낙지, 소라 들의
한세상이다.
물이 들자
온통 망망한 바다.
한순간 모든 것들을 지워 버린다.
대낮의 형상들을 어둠이 지워 버리듯
시작이 끝이고 끝이 시작인
아득한 곳에서
파도가 밀려오고
아득한 곳으로 파도가 밀려가는,
삶이란
갯벌 위의 한생,
오늘인 어제를 또 미래라 믿지만
물이 나자

다시 한세상이 시작되고
물이 들자 다시
한세상이 끝나고.

동화(童話)

그림자를 벗어 버려야 나는
내가 되는 줄 알았다.
그래서 나는 항상 당신의 손목을
놓고 싶었다.
입학식에서
당신의 손을 뿌리치고 학생이 되었다.
결혼식에서
당신의 손을 뿌리치고 지아비가 되었다.
은퇴식에서
당신의 손을 뿌리치고 백수가 되었다.
내가 누구인지도 모른 채 나는
즐겨
중력의 함정으로 떨어지는 멧돼지가,
혹은 빛의 그물에 걸려 퍼덕거리는
나비가 되기도 하였다.
그때마다 당신은 다시
내 손목을 잡아 주었다.
그러나 이제 내게 뿌리칠 것이 없어진
노년의 어느 날,

너 홀로 가라고 당신은
더 이상 나를 붙잡아 주지 않았다.
어디선가 피리 소리가 아스라이 들려왔다.
바람이 부는
그 피리 소리에 홀려 어디론가 길을 나서다
문득 헛발을 디딘 순간 나는
천길인지 만길인지, 벼랑인지, 수심인지
아득한 허공을 미끌어 떨어져 내렸다,
나는 그것을 비상(飛翔)이라 생각했다.
황홀했다.
막 사정된 정충(精蟲)이었을까?
대기권 밖에서
생명 줄을 놓친 우주인이었을까?
아, 나는 드디어
그림자 없는 내가 된 것이다.
갈바람에 팔랑
나뭇잎 하나가 떨어지고 있었다.

그래서 어떻다는 것인가

어제의 바람이 오늘 또 불고,
지난해 피었던 꽃이 올해 다시 피고,
며칠 전 서쪽으로 가던 달이 또
서쪽으로 가고
오늘은 황사가 가득 날렸다.
내년 이맘때쯤 황사는 다시 올 것이다.
어제의 구름이 오늘 또 흘러가고,
작년에 북쪽으로 날던 기러기가
올해 또 북으로 가고,
오지 않을 것을 번연히 알면서도
나는 그를 기다리며 턱수염을 말끔히 밀고
그래도
무엇인가 모를,
단지 어제보다 나을,
그러면서도 그 났다는 것이 무엇인지 모를
그 어떤 것을
기다리며 다시 하루를 맞는다.
그것을 희망이라 부르면서
희망이 있어야

산다고 하면서.

유니세프 아동 구호 기금

망설이다가
유니세프 아동 구호 기금에 매달
몇 푼의 돈을 기부하기로 약정한 날
오히려
마음이 무척 행복해졌다.

그렇구나.
물질을 비우면 그만큼 마음은 더
충만해지는 것,
왜 몰랐을까.
삶과 죽음 또한 그렇지 않겠는가?
질량 불변이다.

문득
구걸하면서도
당신이 극락에 갈 기회를 제공하는 일이라고
당당해하던,
인도에서 만난 어느 걸인이 생각난다.

죽음이란 길바닥에 버려진 동전이

누구에겐가 밟혀

발짝

뒤집혀지는 일일지도

모른다.

기다림

기왕이면
백화점 명품 매대에 전시된
몽블랑 만년필이었으면 좋았을걸.
가판대에 내몰린 볼펜이었을까,
아니면 문구점의 선반에 널브러진
색연필?

누구에겐가 쿵 떠밀려서
바닥에 떨어져 어리둥절
눈을 뜬 지상은
새소리 바람 소리 물결 소리.
햇빛에 눈이 부시다.

실은 어지러운 조명 속의
호객 소리, 흥정 소리,
정신없이 계산기를 두드리는
판매원들의 소음

천재는 요절, 미인은 박명,

이미 이른 나이에 팔려 가
옆자리는 텅 비어 있는데
홀로 빈 매대를 지키는 나는
누구인가.
하염없이 누군가를 기다리는……

한 생애

빛의 거미줄에 걸려 퍼덕거리는
한 마리 나비였을까?
빛이 있어 보고,
빛이 있어 확인하고,
빛이 있어 사랑하고
한세상은 빛이 펼치는 환영.
실은
어머니 품에 안겨 처음으로
눈을 뜬 그 순간도
빛으로 가득한 허공이 아니었던가.
그러나 아!
나는 한 사랑을 가졌어라.
빛으로 볼 수 없는 당신을
사모하는 사랑을.
그리고 이 지상은 안개, 아득히 몰려오는 구름과
저녁 어두움,
아무리 앨써도
떼려야 뗄 수 없는 그림자,
그 안개를 헤치고 어디선가 들려오는

종소리,
그 종소리를 좇아
벌레처럼 빛의 시원을 찾던 한 생애는 실로
얼마나 고달팠던가.
마침내 한 마리 나방이가
촛불에 스스로 몸을 태우듯
빛으로 활활 타오르는 화로에 육신을 사른 뒤
문을 나선 화장장.

석양빛에
은빛 몸체를 반짝 뒤집던 비행기 하나
한순간 구름 속으로 사라지는
허공을 본다.

3부

모닝콜

뻐꾹뻐꾹,
모닝콜 소리에 문득 눈을 뜬
집 한 채
망연히 뜨락을 내다보고 있다.

낙엽 흩날리던 폐원은
어느새 꽃들의 눈부신 난장.

겨울의 깊고 슬픈 잠은 끝났다.
드디어 열어젖힌 눈까풀.

그 유리창 사이로 스며드는 햇살.

뻐꾹뻐꾹 봄을 기다려
신이 하늘 벽에
걸어 두신 그 뻐꾹새 시계.

속도는 멈추기를 꿈꾼다

만원 버스,
갑자기 뒤쪽이 시끄럽다.
누가 소매치기를 당했나?
힐끔
백미러로 훔쳐보는 운전기사의 실루엣,
그는 결코 얼굴을 드러내지 않는다.
이제는 앞쪽이 또 소란스럽다.
조금 편한 자리를 차지하려는
승객들의 아귀다툼,
몇 시간만 참으면 목적지인데,
너 나 없이
거기서 하차하긴 마찬가진데
굳이 그를 떨쳐 내고 발을 한번
쭉 뻗어 보는
그 승차감.
밀치고, 당기고 요리조리 부대끼며
한세상을 간다.
─ 부 ─
클랙슨을 울려도

메아리가 없는 그 한생을.

꽃씨를 심다

흔히 볼 수 없는 들꽃이라며
친구가 보내 준
USB 메모리 한 개,
포트에 삽입하고
E 드라이브에 뜨는 파일을 클릭하자
모니터에
설연화(雪蓮花) 몇 포기가
선명히 꽃을 피운다.
청초하고 아련한 그 겨울 꽃.
아, 역시 꽃은
흙 속에서만 뿌리를 내리는구나.
컴퓨터에 내장된 알집도
LAN으로 연결된
지하의 수맥에서 영양을 공급받아야 비로소
싹을 틔우나니.

사이버 공간의 흙구덩이에
USB를 파종하는,
오늘은 청명(淸明)지나 비 뿌리는

봄,

곡우(穀雨).

꽃눈

죽은 자는 모두
깜깜한 땅 속에 묻힌다.

답답하다.

그러나
거센 겨울바람의 소요가 그치고
사위 문득 조용해지자
이곳저곳
문틈 새로 스며드는 봄바람에 두리번거리며
하나 둘······
살며시 밖을 엿보는 눈빛들.

산과 들엔 온통
꽃들이 지천으로 피었다.
죽은 자도
이 세상은 궁금한 것이다.

오자(誤字)

어떤 것은 맞춤법이 틀렸고
어떤 것은 또 활자가 깨져 있다.
이 부분은 아예
어휘를 바꾸어야 할 듯,

무념무상
테이블 앞에 홀로 앉아 온종일
교정지를 들여다본다.

바통을 주고받고, 맺고, 이으며
연달아 문장은 흘러가는데

꼼짝 않고 수면을 응시하는
물가의
해오라기.

아뿔사,
그 긴 부리에 집혀 나오는
피라미 한 마리.

빈 들

수확은 이미 끝났다.

빈 들판에 나뒹구는 하얀
원통형 물체,
정식 명칭으로는
곤포 사일리지*라 하던가.

곡물을 거두고 난 쭉정이들을 모아서
비닐로 포장해 둔
사료용 건초 더미라 한다.

워드를 치는 시대에
우리 하느님께서는 아직도 아날로그 시를
쓰시나?

연필로 쓰다 지워 버린 당신의 원고지 위에
내팽개친
그 흰색 고무 지우개 하나.

제왕절개수술

잠든 육신은 흔들어서 깨운다.
잠든 영혼은 어떻게 깨우나?

상처 없이 태어난 생명이 어디 있으랴.

어머니의 몸을 찢고 나오는 태아의
그 날카로운 비명같이 움트는
새싹을 위해

이른 봄
잠든 땅에 쟁기를 댄다.

흙 속 깊이 상처를 낸다.

야간학교

지구는 하나의 커다란 학교.
대학생 성인,
짐승은 중고생,
아무래도 개구리는 초등생들이다.

대낮
산짐승들의 체육 시간이 끝나면
초저녁 숲 속에선 새들의 작은 음악회.
방과 후엔
맹꽁이들의 목청이 시끌벅적하다.

이삼은 육, 이사 팔, 이오 십……

선생님 들어라 하늘을 향해
목청껏 외쳐 대는 학습 지진아들의
그 구구단 외는 소리.

빈 집

주인은 마실 갔다지만 실은
내쫓듯 그를 보내고 모처럼
홀로 여가를 즐기는 집.

안으로 문을 걸어 잠그고 대체 그는
무엇을 하나.

숲에선 묏비둘기 애달프게 울고
적막한 뜨락엔
영산홍 꽃 그림자 아련히 제 얼굴을
비춰 보는데

속눈썹 감추듯 짙게 드리운
창가의 커튼 새로 보인다.

귀 닫고 눈 감아 스스로 몸을 텅
비운 채
조용히 명상에 든 어느 산골
오두막 한 채.

송홧가루 날리는 어느 봄날.

당신의 부지깽이는 어디 있나요?

한밤중
눈보라 치는 소리에 문득
잠이 깨었다.
가냘프게 어디선가 돌돌돌
보일러 도는 소리,
방 안은 따뜻하다.
따뜻한 것은 곧 살아 있다는 것,
나도 모르게 가슴에 손을 대 본다.
뜨거운 혈류가 도는 심장의
그 맥박 소리.

꽃,
새,
물고기 그리고
인간,

살아 있는 것들을 살리기 위해
아궁이에 주저앉아 종일
지구에 불을 지피고 계시는 나의

늙은 하느님,
오늘도 화산의 분화구에선
솔솔 연기가 피어오른다.

어떤 날

스마트폰이 울기를
기다리는 때가 있다.

현관의 벨 소리가
기다려지는 때가 있다.

아파트 천장의 층간 소음이
기다려지는 때가 있다.

먼 하늘에서 울려오는 우렛소리,

우주 또한 그렇다.

논

모자라지 않게 찰박찰박
물을 채우고
입김으로 솔솔 봄바람을 피운다.
확
일어나는 그 여름의
파아란 불길,
태풍과 폭염에 한동안 끓어 넘치던
물이 증발하자 드디어
무쇠솥은
잘 익은 벼 알들로 가득하다.

꽃밭 풍경

"아름답게 살자"
고
쉽게 말하지 마라.

아름다움도 때로 죄가 된다는 것은
꽃밭에 가 보면 안다.
빛과 향이 지나쳐
영혼을 몽롱케 한 그 죄.

울안은 각자
수인의 명패를 달고
인신 구속된 꽃들로
만원이다.

"아름답다"
고
함부로 말하지 마라. 어차피
삶은 원죄의 소산.

사랑이 죄가 되는 자들의
교도소가 거기 있다.

가슴

인간이 불을 지녔다는 건
죽은 자의 육신을 보면 안다.

그 싸늘하게 식어 굳어 버린 석회,

너로 인해 괴로워
까만 숯덩이가 되었다고 한다.

살아 있다는 건
가슴이 뜨겁다는 것,
그 불로 달구어 누군가를
사랑하고
그 불을 피어 올려 화안히
정신을 밝힌다.

봄 되어 지표를 뚫고 솟아올라서
울긋불긋 등불을 켜든 꽃들.

실은 지구의 중심에도

뜨거운 용암이 꿈틀대고 있나니

우리의 가슴엔들
어찌 스스로 소진하는 불덩이가
없다고만 말할 수 있겠는가.

집수리

무엇이 그를 그토록 분노케 했을까.
증오로 얼어붙은
보일러,
배관이 동파된 집은 온통 마비다.

급하다.

싸늘하게 굳어 가는 그의 가슴에
삽입되는 금속 스텐트,*
파이프에 다시 도는 그
따뜻한 혈류.

* 스텐트(stent): 혈관이 막히거나 좁혀져 관상동맥에 질환이 생길 때 이를 뚫거나 넓히기 위해 혈관에 삽입하는 작은 금속 링. 관상동맥조영술에 사용한다.

4부

주목(朱木)

— 태백산 산정(山頂) 천제단 부근에서 고사한 지 1000년이나 된 주목 한 그루를 보았다.

흔들린다고
탓하지 마라.
오직 똑바로 선 자가
흔들릴 수 있나니.

부러진다고
욕하지 마라
오직 한자리만을 지키는 자가
부러질 수 있나니.

나무가 그렇지 않더냐.
꽃대가 그렇지 않더냐.

쓰러지지 않고 홀로 죽음을 맞이하는 자.
죽어서도 눕지 않고 오히려 하늘을 받들어
겸허히
곧추서 있는 그 자.

술잔

　　— 나는 특별히 행복한 삶을 누리는 재벌이나 부자 들의 집안을 본 적
이 없다.

술은 종류에 따라

잔의 크기가 각기 다르다.

허나

큰 잔에 채운 술이나

작은 잔에 채운 술이나

그 한 잔에 담긴

알코올 함량은 일정한 것.

큰 맥주 한 잔이라 해서 더 취하는 것도,

작은 양주 한 잔이라 해서 덜 취하는 것도

아닌,

인생이란 하나의 빈 술잔,

흔히

많이 가진 것을 부러워하고

모자라 적은 것을 한탄하지만

죽음 앞에서

한 생애가 누린 행(幸)·불행(不幸)의 총량은

크기가 다른 술잔의 동일한 알코올양처럼

똑같다.

다만 신이 따라 준

그 술의 종류가 다를 뿐.

폴리스 라인

추위 물러가자
얼어붙은 계곡의 얼음장이 스르르
녹기 시작하더니
일순 급류를 이룬다.
저 억제할 수 없는 욕망의
일제 분출,
무절제한 자유의 일탈.
나무가 뿌리째 뽑히고,
바위가 쓸려 가고,
와르르 흙더미가 무너지고,
급기야
산사태가 일어날 징후.

취약한 제방을 보강하기 위해서
긴급히 모래주머니들을 만들어
강둑에
일렬로 저지선을 쌓는다.

폴리스 라인.

반쯤

내버려 두는 편이 차라리 더 좋았을걸
욕심 가득 밑동에 퇴비를 뿌린 것이 화근,
이 아침 뿌리째 말라 죽어 버렸다.

눈부셨던 그 봄날의 산 목련.

맹목으로 등불에 날아든 나방이 또한
그렇지 않던가.

그러므로
사랑하는 사람과 함께 드는 술,
와인은 항상 반쯤 찰랑대게 따른 잔이
아름답다.

소화제

사향고양이의 변에서 추출한 커피 열매를
볶아서 만든다고 한다.
이 세상에서 가장 값비싼
루왁 커피*.

코끼리도 자신의 변으로
다른 여린 초식동물들을 먹여 살린다.
쇠똥구리를 키우는 소똥도……

그러나
소화가 안 된다며
굳이 약을 입에 달면서 커피를 즐기는
인간,

그대의 변으로는 대체 무엇을 기르는가?

이 세상에서
소화제를 찾는 짐승이란 아마
인간 이원

없을 것이다.

* 루왁 커피(Kopi Luwak). 시벳 커피(civet coffee)라고도 불린다. 필리핀,
  인도네시아 등지에서 살고 있는 루왁(사향고양이)이 커피 열매를 먹고
  배설한 씨앗을 정제해서 만든 커피.

입관

한낱 쓰레기.

음식 쓰레기가 아닐까.
먹기 위해 살아온 한평생,
생활 쓰레기가 아닐까.
돈벌이에 몸 바친 한평생,
폐품 쓰레기가 아닐까.
권력에 눈이 먼 한평생,

재활용 쓰레기가 아닐까.
베풂으로 살아온 한평생,

평소 원했던 건
화장도 매장도 아닌 수목장인데
지나온 내 한생 아무래도
생활 쓰레기,
지상에 뿌릴 자양분 한 톨 남기지 못해
차라리
소각하는 편이 더 낫겠다.

쓰레기

분리수거하는 날.

본색

어제까지 사이좋게 지내던
친구들이
갑자기 등을 돌렸다.

돌멩이를 던졌다.
장대를 휘둘렀다.
사정없이
몽둥이로 두들겨 팼다.

모든 것이 털리고 마침내 거리로 내몰린
그 가여운 밤나무.

내가 무얼 잘못했나?

다만
가진 것이 죄가 되는
계절은 겨울의 초입.

노숙자

아무래도 방향이 다르다.
일단 내려서 확인을 해 봐야겠다.

플랫폼을 착각해서 탄
경부선은 애초부터
실수,
이제 호남선으로 갈아탈까.
중앙선을 탈까.

그러나 운행 정보의 부실로 이번 역시
막차까지 놓쳐 버렸다.

한밤
아직 타야할 노선을 확정짓지 못한 채
기약 없이 열차를 기다리는
대합실의 환승객들.

오늘도 외진 서울역 한구석에 모여 앉아
기울이는 그 소줏잔.

비빔밥

음식 나라에선
비빔밥이 민주국가다.
콩나물과 시금치와 당근과 버섯과 고사리와 도라지와
소고기와 달걀 — 이 똑같이 평등하다.
육류 위에 채소 없고
채소 위에 육류 없는 그 식자재,
이 나라에선 모두가 밥권을 존중한다.

음식 나라에선
비빔밥이 공화국이다.
콩나물은 시금치와, 당근은 고사리와
소고기는 콩나물과 더불어 함께 살 줄을 안다.
육류 없이 채소 없고
채소 없이 육류 없는 그 공동체 조리법,
이 나라에선 아무도 홀로 살지 않는다.

음식 나라에선
비빔밥이 복지국가다.
각자 식자재가 조금씩 양보하고

각자 조미료가 조금씩 희생하여
다섯 가지 색과 향과 맛으로 우려내는
그 속 깊은 영양가.
이 나라에선 어느 누구도 자연을 거스르지 않는다.

아아, 음식 나라에선
한국이 민주주의다.
한국의 비빔밥이 민주주의다.

노역

소음이 아니다.

한밤중
모두가 깊은 잠에 빠진 사이
홀로 깨어 귀 기울여 보아라.

적막 속에서
벽시계 꼴딱꼴딱,
냉장고 그렁그렁,
웅얼대며 뒤척이는 에어컨,
수도꼭지가 똑똑 떨어뜨리는 코피,
세상은 온통 신음으로 들끓고 있나니.

어쩌다 인간에게 붙들려
잘리고, 깎이고, 얻어맞고, 녹여져
마침내 이처럼
길들여진 노예가 되었을까.

갈대밭을 흥얼대며 흐르던 계곡물도

저수지의 댐을 넘을 땐
으아악!
외마디 비명을 내지르지 않던가.

꽃 2

꽃은
제 피어난 가지를 지킬 줄 알아
꽃이다.
그 어떤 벌 나비의 유혹에도
제자리를 버리지 않는다.

꽃은
항상 하늘을 바라다 볼 줄을 알아
꽃이다.
그 어떤 비바람에도
고개를 숙이지 않는다.

꽃은
스스로 자신을 불태울 줄 알아
꽃이다.
가슴에 품은 그 하나의 신념을 위해
가을날
오롯이 한 줌의 재로 삭는 꽃.

개화

얼어붙은 경기로 더 이상
파업은 무리.
찬반을 묻는 위원장의 제의에
너 나 없이
나요, 나요,
일시에 팔을 들어 환호한다

조합원 만장일치,
오늘로 파업은 끝이다.

그동안 썰렁했던 매장에 비로소
훈풍이 돈다.

봄.

혁명재판

입춘,
혹독한 겨울은 이로써 끝이다.
날씨가 풀렸다.
전 국토 춘계 대청소 실시.
집 안팎,
거리 구석구석에서 그동안 쌓인 오물들을
털고, 쓸고, 닦고, 빨기에
여념이 없다.

집하장의 미화원들도
수거한 쓰레기를 분류하기에 바쁘다.
이놈은 매장,
저놈은 화장,
그놈은 재활용,

이윽고
— 땅땅 —
독재 잔당의 형량을 선고하는 법관의
의사봉 소리.

겨울옷을 빨래하는 계곡의

그 방망이질 소리.

온난화

이미 수억 광년을 달려왔다.
시속 936000km/h.

빙하기 때 동파된 라디에이터를 수리하고
냉각수를 갈아 넣기는 했지만
과속이다.
거기다 또 엔진 과열,

오버히트된 차체는
뜨겁게 달아올랐다.
솟구치는 증기와 역류하는 배기가스가 혼합된
실내 공기는 API230*.

애프터 서비스를 거둔 신의 슬픈 눈동자
안드로메다**는 시야가 흐리다.

오늘도 은하계를 헤매고 있는
폐차 직전의 행성 하나.

문장

구만리(九萬里) 장서(長書),
혹은 한 편의 대하소설이라 했던가.

길고 긴 문장이 흘러 흘러 도달한
바다를
대단원의 막이라고 하지만

격류에 떠밀려
!!로 떨어지는 계곡의 폭포.
어느 때는 역류다.
?로 소용돌이치긴 했으나
소(沼)에 이르러 비로소 분을 삭이는
격정, 그 안식
. 표.

지금 강물은 대평원을 지나고 있다.

갈대밭 삼각주에서
드디어 갯물과 섞여 한 몸을 이루는

수평선의 그
. . . .

나비의 환각, 시인의 길

이숭원(문학평론가)

난해하고 괴팍한 시들이 판을 치는 세상에 쉽지만 깊이 있는 내용의 시를 읽는 것도 즐거운 일이다. 오세영의 시집 『북양항로』에는 천진한 소년의 시선과 낭패한 노년의 사색이 교차한다. 소년과 노년이 공존하는 오세영의 시에서 늙으면 어린애가 된다는 말의 깊은 이치를 새삼 깨닫게 된다. 소년의 시이건 노년의 시이건 오세영의 시는 수월하게 읽힌다. 어렵지 않게 쓰는 것도 수련과 수양의 결과라면 오세영의 시가 그런 경지에 오른 것이 아닌가 생각된다.

시집의 1부에는 천진한 동심의 시선으로 그려낸 단형의 작품들이 모여 있다. 이 작품들은 대상을 독특한 비유로 표현하고 있는데 그 유형은 크게 셋으로 나뉜다.

첫째 유형은 제목이 대상을 나타내고 작품의 본문이 비

유로 구성되어 있는 형태다. 다음 작품이 첫째 유형에 해당
한다.

신이 화장대에
보자기를 풀어 놓자
와르르 쏟아져 반짝거리는
하늘의 보석들.

그중 하나가 또르르 구름을 헤치고
지상에 굴러떨어지더니
일순
어둠 속으로 숨어 버린다.

그 현란한
한순간의 광휘.

─「유성」

신의 화장대는 하늘이고 거기 쏟아 놓은 보석은 별이다.
많은 별 가운데 지상에 떨어지다가 어둠 속으로 숨어 버린
별 하나가 유성이다. 어른의 상식적인 시선에서 벗어나 밤
하늘을 천진한 마음으로 바라보면 신의 화장대가 보이고
거기 풀어놓은 보석들이 보인다. 보석들이 한꺼번에 와르
르 쏟아졌으니 그중 하나는 구름을 헤치고 지상으로 굴러

떨어질 만하다. 한순간 현란한 광휘를 남기고 그것은 어둠 속에 숨어 버린다. 시의 본문만 읽어서는 비유의 대상이 무엇인지 알 수 없으나 제목을 보면 이 시가 무엇을 표현한 것인지 알 수 있다. 이것이 첫째 유형의 특징이다.

두 번째 유형은 작품의 본문에 비유의 대상과 표현 내용이 병치되어 있고 제목이 본문의 의미를 보강해 주는 형식이다.

반짝,
햇빛에 눈이 부셔
다리가 휘청거린다.

눈을 감았다 다시 떠 본다.

오랜 입원 끝에
드디어 병실 밖을 나서는 그 청년.

동면에서 막 잠을 깬 개구리 한 마리가
연못가에서
또록또록
눈알을 굴리고 있다.

—「경칩」

3연까지는 오랜 입원 끝에 병실 밖을 나서는 청년의 모습이 묘사된다. 건물 안에만 있다가 햇살이 환한 밖으로 나서자니 눈이 부셔 눈을 감았다 다시 떠 본다. 현기증에 다리가 휘청거리기도 한다. 4연에는 동면에서 깨어난 개구리 한 마리가 제시된다. 그 개구리도 오랜 동면에서 벗어났으니 눈이 부시고 다리가 휘청거릴 것이다. 새로운 세상에 적응하기 위해 눈알을 또록또록 굴리고 있다. 상황의 유사성에서 청년과 개구리가 동질화된다. 이 두 상황을 함께 묶어 주는 것이 '경칩'이라는 제목이다. 경칩(驚蟄)은 24절기의 하나로 겨울잠을 잔 동물이 깨어난다는 뜻의 한자어다. 3월 초에 해당하는데 우리가 흔히 볼 수 있는 생물이 개구리기 때문에 개구리가 깨어나는 절기라고 흔히 말한다.

이 작품이 독특한 것은 이중적 시선 때문이다. 화자의 시선의 초점은 개구리에 놓인 것도 아니고 청년에 놓인 것도 아니다. 청년과 개구리를 동시에 제시하면서 그 두 상황이 모두 경칩에 해당한다고 말하는 듯하다. 다른 한편으로는 사람이나 동물이 크게 다르지 않고 유사한 길을 걷는다는 의미도 함유되어 있는 듯하다. 이러한 이중적 해석의 가능성을 지니는 것이 이 유형의 묘미다.

세 번째 유형은 작품 본문에 비유의 두 항이 제시되어 있고 제목은 보조 역할만 하는 경우다.

그 거창한 청사(廳舍)를 받들고 선

축대의

돌 틈 사이로 삐쭉

고개를 비집고 내민 철쭉 한 그루.

늦추위로 몰아친 눈보라에 그만

꽃대가 시들어 버렸다.

언 땅에 떨어져서 나뒹구는 그 가녀린 꽃잎.

분신한 티베트 스님의 해맑은

눈빛.

— 「조춘(早春)」

   거창한 청사의 축대 돌 틈 사이에 뿌리를 내린 철쭉이 있
는데 봄이 되자 그 철쭉에도 작은 꽃대가 고개를 내밀었다.
그러나 늦추위가 몰아닥쳐 눈보라에 꽃대가 시들어 떨어져
버렸다. 땅에 떨어져 나뒹구는 가녀린 꽃잎이 분신한 티베
트 스님의 해맑은 눈빛을 연상시킨다고 했다. 앞의 작품이
청년과 개구리를 대등한 위치에 병치하고 있는 데 비해 이
작품은 꽃잎의 묘사에 비중이 크고 티베트 스님의 눈빛은
그것을 비유하는 보조 심상으로 작용하고 있다. 1연의 네
행은 철쭉이 어떠한 상황에서 피어났는가를 상당히 공들여
묘사하여 그것이 놓인 생명적 조건의 고단함과 그것이 사

라진 데서 오는 아쉬움을 함께 드러내고 있다. 거대한 청사를 지탱하는 축대의 돌 틈 사이에 힘겹게 생명의 작은 꽃대를 피워 올렸다가 덧없이 시들어 버린 상황은 중국의 압제에 항거하기 위해 독립을 염원하며 분신하는 티베트 스님을 연상케 하기에 충분하다. 이러한 본문의 내용에서 시의 문맥이 충분히 파악된다. '조춘'이라는 제목은 그러한 이해를 보강하는 역할을 한다. 이것이 앞의 유형과 구분되는 이 유형의 특징이다.

3부와 4부의 작품들은 길이가 확대되면서 천진한 동심의 시선에서 벗어나 어른의 시각에서 대상을 인식하고 인생과 자연과 우주에 대해 새로운 사색을 펼치고 있는데 비유의 유형을 유지한다는 점은 크게 다르지 않다. 오세영 시인은 자신이 설정한 독특한 비유의 프레임 속에서 대상을 관찰하고 사색을 전개하는 일관성을 보인다.

"아름답게 살자"
고
쉽게 말하지 마라.

아름다움도 때로 죄가 된다는 것은
꽃밭에 가 보면 안다.
빛과 향이 지나쳐
영혼을 몽롱케 한 그 죄.

울안은 각자
수인의 명패를 달고
인신 구속된 꽃들로
만원이다.

"아름답다"
고
함부로 말하지 마라. 어차피
삶은 원죄의 소산.

사랑이 죄가 되는 자들의
교도소가 거기 있다.

──「꽃밭 풍경」

이 시를 이루는 비유의 기본 프레임은 꽃밭은 교도소고 꽃은 수인(囚人)이라는 발상이다. 지금까지 시에서 꽃이나 꽃밭을 이렇게 표현한 적이 없으니 분명 독창적이다. 꽃이 죄인이고 꽃밭이 교도소란 말이 처음에는 의아하겠지만, 작품의 내용을 이해하면 이러한 발상에 공감하게 된다. 꽃밭에는 자기 명패를 단 꽃들이 촘촘히 피어 있다. 꽃들은 자기가 가고 싶은 대로 갈 수 없고 피고 싶은 모양대로 자신을 가꿀 수 없으니 거주 이동의 자유를 잃고 사상의 자유를 박탈당한 죄수나 다를 바 없다. 그러면 그 꽃들의 죄명은 무엇인가? 아름답고 향기롭다는 것이 죄다. 아름답고 향기롭기 때문에 사람 손에 붙들려 자유로운 자연의 대지에서 꽃밭이라는 인위적 공간으로 이동 배치된 것이다. 아름다움과 향기를 잃으면 꽃밭에서 즉각 퇴출된다. 그러니 "아름답게 살자"든가 "아름답다"는 말도 함부로 하면 안 된다. 그것이 죄명이 되는 경우도 있는 것이다. 꽃이나 꽃밭을 두고 이러한 사색을 펼친 경우가 없고 그러한 사유를 이런 방식으로 비유하여 표현한 작품이 지금까지 없었다. 더군다나 그 사유의 연장선상에서 "삶은 원죄의 소산"이라는 철학적 명제를 도출한 작품도 없었다. 오세영의 독특한 사색이 비유로 표현된 독창적 작품이다.

이러한 사색과 비유의 특징을 전형적으로 보여 주는 또 하나의 작품이 「노역」이다. 이 작품은 사물들이 내는 소리에서 착상을 얻었다. 집 안에 있는 가재도구들도 가만히 보면 각종 소리를 낸다. 벽시계나 형광등은 물론이고 냉장고, 에어컨, 정수기, 전기밥솥 등도 미세한 소리를 낸다. 평소에는 들을 수 없지만 자정의 적막 속에서는 그것들이 내는 소리를 들을 수 있다. 소리가 최소화되도록 설계되었기 때문에 평소에는 그 소리를 들을 수 없었을 뿐이다. 시인은 여기에 착안하여 이 모든 소리가 노예들이 내는 신음이라고 상상한다. 이 신음 소리는 인간의 삶에 맞게 길들여진 노예화의 소산이다. 자유의 대지에 흐르는 계곡물은 갈대밭을 지날 때 흥얼대는 소리를 내고 저수지의 댐을 넘을 땐 외마디 비명을 지른다. 이러한 자연의 소리를 잃고 인간의 공간에 수용되어 미세한 신음 소리만 내는 가재도구들은 모두 노역에 시달리는 노예라고 생각한 것이다. 일상의 사물을 새로운 시각으로 관찰하여 표현한 독창적인 작품이다.

2부의 작품은 일흔이 넘은 노시인의 사색과 고민을 담고 있다. 여기에는 노년의 허무와 비애와 체념이 있다. 50세에 이른 폴 고갱이 병마와 싸우며 고독하게 살던 가장 힘들었던 시기에 그린 회화 작품의 제목이 「우리는 어디서 왔는가? 우리는 누구인가? 우리는 어디로 가는가?」이다. 분방하게 살던 폴 고갱도 이때 실존적 문제에 부딪쳐 심각한 고민을 했음을 알 수 있다. 오세영도 이 문제에 부딪쳐 고민을 하는데, 시의 문맥으로만 보면 그는 어디에서 왔는지 자신은 누구인지 어디를 향해 가는지를 알지 못한다. 「북양항로」를 보면 자신은 배의 늙은 화부인데 목적지를 잃고 항로에서 이탈하여 북극성과 십자성을 지도 삼아 얼어붙은 밤바다를 표류하고 있다고 했다. 방향을 상실한 채 표류하는 우울한 허무주의는 그의 초기 시부터 지속되어 온 경향이다. 여기에는 유복자로 태어나 외가에서 고독하게 성장한 개인사가 우회적으로 연결된다. 일흔이 넘어서도 유빙처럼 표류하는 시인의 내면에 허무의 음영이 여전히 드리워져 있다.

흔히 시는 소리의 리듬을 지니고 있다고 말하는데 오세영의 시에는 의미의 리듬이 있다. 유사한 상황을 유사한 구절로 반복하여 그것이 환기하는 주술적 리듬의 효과를 얻어 내려는 경향을 보인다.

물이 나자
갯벌엔 온통 살아 있는 것들의
아우성이다.
싸우고, 다투고, 빼앗고, 뺏기고,
짝짓고, 버리고
게, 조개, 망둥어, 낙지, 소라 들의
한세상이다.
물이 들자
온통 망망한 바다.
한순간 모든 것들을 지워 버린다.
대낮의 형상들을 어둠이 지워 버리듯
시작이 끝이고 끝이 시작인
아득한 곳에서
파도가 밀려오고
아득한 곳으로 파도가 밀려가는
삶이란
갯벌 위의 한생,
오늘인 어제를 또 미래라 믿지만

물이 나자

다시 한세상이 시작되고

물이 들자 다시

한세상이 끝나고.

──「갯벌」

이 작품의 의미 구조는 단순하다. 사유의 기본 프레임을 마지막 네 행에 시인 자신이 요약했다. "물이 나자/ 다시 한세상이 시작되고/ 물이 들자 다시/ 한세상이 끝나고." 가 그것이다. 물이 들고 나듯이 그렇게 한세상이 오고 간다는 것이다. 사람이 세상을 사는 것도 그와 다르지 않아서 물이 들고 나는 잠깐 사이에 생이 오고 간다고 말했다. 시인은 썰물로 물이 빠져나간 갯벌의 모습을 자세히 서술했다. 게, 조개, 망둥이, 낙지, 소라 들이 서로 싸우고 다투고 빼앗고 뺏기는 소란이 벌어진다. 밀물이 들어오면 이 모든 것이 물에 잠기고 망망한 해면만 펼쳐진다. 이러한 해변의 변화를 보면 시작이 끝이고 끝이 시작이라는 생각을 할 수 있다. 시작과 끝이 서로 꼬리를 물고 도는 순환의 굴레가 생이다. 생의 순환을 의미의 리듬으로 드러내기 위해 시인은 반복의 형식을 취했다. 시인이 도달한 명상의 요지는 "오늘인 어제를 또 미래라 믿지만"이다. 오늘은 어제의 연속이고 미래는 오늘의 연속일 뿐이다. 시작과 끝이 꼬리를 물고 순환하듯이 어제와 미래가 꼬리를 물고 순환한다. 그러기에 시인의 허무주의는 탈출의 수로가 없다.

정원 한구석에 뿌리 내린
한 그루 배나무,
누가 보아 주지 않아도 이 봄 스스로
활짝 꽃을 피웠다.
안쓰럽도록 하이얀 꽃잎,
부끄러운 듯 살짝 드러낸 그 가슴 속
붉은 꽃 수술,
자세히 보니 배나무도 꽃나무다.
그러나
과수원에 열 지어 서 있는 배나무를
누군들 꽃나무라 여길 것인가.
꽃나무는
오와 열을 지키지 않고 제멋대로 살아
꽃나무다.
꽃나무는 획일적으로 무리지지 않아
꽃나무다.
꽃나무는
재배되지 않아 꽃나무다.
내 오늘
정원의 홀로 핀 배꽃을 바라보면서
지나온 날들을 헤아리나니

탐욕과 허세를 좇아

이곳저곳 잘리고, 베이고, 길들여져

과수원의 일개 과목(果木)으로 살아온

한생이 아니었더냐.

아름다움이란

홀로 있어 아름다움인 것을.

──「과목(果木)」

　이 작품은 혼자 서서 꽃을 피운 배나무와 과수원에 획일적으로 배치된 배나무를 대비하고 있다. 시인의 앞마당에 혼자 서 있는 배나무에 꽃이 피었는데 제법 흰 꽃잎과 붉은 수술이 달려 꽃의 모양을 제대로 보여 준다. 이렇게 혼자 피어 있는 배나무는 단순한 과목이 아니라 훌륭한 꽃나무라고 평가할 수 있다. 그러나 과수원에 열 지어 서 있는 배나무는 꽃나무가 아니라고 했다. 이것을 강조하기 위해 시인은 다시 의미의 리듬을 배치했다. 작품의 중간에 "꽃나무는"으로 시작되어 "재배되지 않아 꽃나무다"로 끝나는 일곱 개의 행이 그것이다. 이 의미의 리듬이 환기하는 것은 획일적으로 심어져 재배되는 것은 꽃나무가 아니고, 제멋대로 자유롭게 살아야 꽃나무라는 명제다.

　시인은 정원의 배나무를 보고 배나무도 아름다운 꽃나무가 될 수 있음을 깨달았다. 꽃나무는 남의 뜻에 조정되지 않고 혼자서 자유롭게 꽃을 피운다. 그러나 자신의 생을 돌이켜보니 세상의 이해관계에 휘말리고 다른 사람의 뜻에 맞게 길들여져 온 존재라는 것을 자각하게 된다. 과수원의 과목처럼 타인에 의해 집단 사육된 존재인 것이다. 시인은 정원의 배나무를 보며 자신의 삶을 반성하고 진정한 아름다움이 어디서 오는 것인지 깨달았다. 「과목」은 평범한 제목에 평범한 내용을 담았지만 인생의 예지와 통찰이 농축된 존재 탐구의 작품이다.

> 그림자를 벗어 버려야 나는
> 내가 되는 줄 알았다.
> 그래서 나는 항상 당신의 손목을
> 놓고 싶었다.
> 입학식에서
> 당신의 손을 뿌리치고 학생이 되었다.
> 결혼식에서
> 당신의 손을 뿌리치고 지아비가 되었다.
> 은퇴식에서
> 당신의 손을 뿌리치고 백수가 되었다.
> 내가 누구인지도 모른 채 나는
> 즐겨
> 중력의 함정으로 떨어지는 멧돼지가,
> 혹은 빛의 그물에 걸려 퍼덕거리는
> 나비가 되기도 하였다.

그때마다 당신은 다시

내 손목을 잡아 주었다.

그러나 이제 내게 뿌리칠 것이 없어진

노년의 어느 날,

너 홀로 가라고 당신은

더 이상 나를 붙잡아 주지 않았다.

어디선가 피리 소리가 아스라이 들려왔다.

바람이 부는

그 피리 소리에 홀려 어디론가 길을 나서다

문득 헛발을 디딘 순간 나는

천길인지 만길인지, 벼랑인지, 수심인지

아득한 허공을 미끌어 떨어져 내렸다,

나는 그것을 비상(飛翔)이라 생각했다.

황홀했다.

막 사정된 정충(精蟲)이었을까?

대기권 밖에서

생명 줄을 놓친 우주인이었을까?

아, 나는 드디어

그림자 없는 내가 된 것이다.

갈바람에 팔랑

나뭇잎 하나가 떨어지고 있었다.

———「동화(童話)」

이 작품도 제목은 소박한 우화의 내용을 연상시키지만 사실은 시인 자신의 침통한 자기비판과 자아 성찰을 담고 있다. 시인은 보이지 않는 생의 섭리라든가 절대자의 이법 같은 것을 '당신'이라고 지칭하며 시상을 풀어 간다. 자신의 실존적 독립을 도모하며 당신의 손길에서 벗어나 삶의 길을 걸어왔음을 먼저 밝혔다. 독립적 존재가 되기 위해 학교에 입학해 공부를 하고 결혼도 하고 드디어는 백수의 자유인이 되었다. 그러나 실존의 의미를 파악하지 못한 채 때로는 폭주하는 멧돼지가 되어 돌진하기도 하고 "빛의 그물에 걸려 퍼덕거리는" 연약한 나비의 처지가 되기도 했다. 그런 위기의 순간에 당신이 다시 나타나 내 손목을 잡아 주었다.

그러나 노년에 이르자 당신은 나의 손을 더 이상 잡아 주지 않고 혼자서 가라고 놓아주었다. 이제 고독한 노년의 길이 시작된 것이다. 진정한 독립의 길이 펼쳐진 것이다. 그러나 시인은 여전히 삶의 의미와 존재의 의미를 모른다고 고백한다. 아득한 허공으로 떨어지면서도 그것을 비상이라고 착각한다고 했다. 타자의 간섭에서 벗어나 "그림자 없는 내가" 되기는 했으나 그것이 진정한 독자적 실존의 길인지 시인은 아직 알지 못한다. 가을바람에 떨어지는 나뭇잎 하나를 자아의 표상으로 받아들이고 있기 때문이다.

일흔의 연륜을 넘어선 나이에도 시인은 자아의 본모습을 향한 탐구를 계속하고 있다. 그는 아직도 세상에 처음

들어선 어린이의 심정으로 자연과 인생을 신비롭게 바라보며 거기서 자신에게 맞는 의미를 찾아내려고 노력한다. 시인은 생이 끝나는 그날까지 어린이의 천진함과 호기심을 지니고 세계를 탐구하는 존재다. 자신의 천진한 사유로 세계를 이해하고 그것을 독특한 비유의 틀로 재구성하고 인식의 폭을 넓혀 가면서도 끝까지 어떤 결론에 도달하지 않는 탐색의 수행자가 시인이다. 그런 의미에서 오세영은 본질적 의미의 시인이다. 지상의 삶에 단 한 번 주어진 시인의 복무에 충실하면서 천진한 비유로 자연의 의미를 드러내고, 자신의 모습을 정직하게 고백하면서 존재의 의미를 탐구하는 원초적 시인의 모습을 보여 준다. 그러한 시인의 고독한 노정에 보이지 않는 당신의 영원한 손길이 오래 머물기를 기원한다.

지은이   오세영

1942년 전남 영광에서 태어났다.
1965~1968년《현대문학》신인 추천으로 등단했다.
시집『봄은 전쟁처럼』,『적멸의 불빛』,『시간의 쪽배』,
『별 밭의 파도 소리』,『바람의 아들들』 등과 학술서『시론』,
『한국 현대 시인 연구』,『한국 낭만주의시 연구』 등이 있다.

북양항로

1판 1쇄 찍음 2017년 5월 16일
1판 1쇄 펴냄 2017년 5월 23일

지은이 오세영
발행인 박근섭, 박상준
펴낸곳 (주)민음사

출판등록 1966. 5.19. (제16-490호)
서울특별시 강남구 도산대로1길 62(신사동)
강남출판문화센터 5층 (06027)
대표전화 515-2000 / 팩시밀리 515-2007
www.minumsa.com

ISBN 978-89-374-0855-7 04810
      978-89-374-0802-1 (세트)

민음의 시

민음의 시
목록